SOMMAIRE

PAPA'S ASSASIN

SHOOWA

*Attention un bonus se cache sous la jaquette du manga ^___<

PAPA'S ASSASSIN
HA !
HA !
HA !
Quand cette affaire sera terminée, je me laverai les mains de tout ça.
Je prendrai des vacances bien méritées à Monaco...
STAP
... puis j'ouvrirai une galerie d'art à Paris, où je profiterai de la vie, des belles femmes...
... là, je serai au comble de ma vie.
BOUM
SPLASH
Et quand ma mère, un jour où j'irai lui rendre visite, s'offusquera du fait que je ne lui aie toujours pas donné de petits-enfants...

J'at-tendrai d'avoir passé quarante ans pour avoir des enfants.
D'ici-là, je devrais avoir trouvé un boulot plus stable.
PFOUAH
MISTER !
SPLASH SPLASH
MISTER !!
JE VOUS EN PRIE, PRENEZ CET ENFANT AVEC VOUS !!
QUOI !?
WOOSH
YAAH !
Ce dont je rêve, c'est une petite vie tranquille...

HEIN !?
PLAF
OUAAH !
SPLASH
HA !
SPLASH
HA !
MNN GH...
GRMBL
GRMBL
ATTENDEZ ! QU'EST-CE QUE JE SUIS CENSÉ FAIRE DE LUI !?

PAR PITIÉ, PROTÉGEZ-LE !
JE VOUS EN SUPPLIE !!
QUE JE LE PROTÈGE... ?
PLIC
PLIC
BAOUM
!!

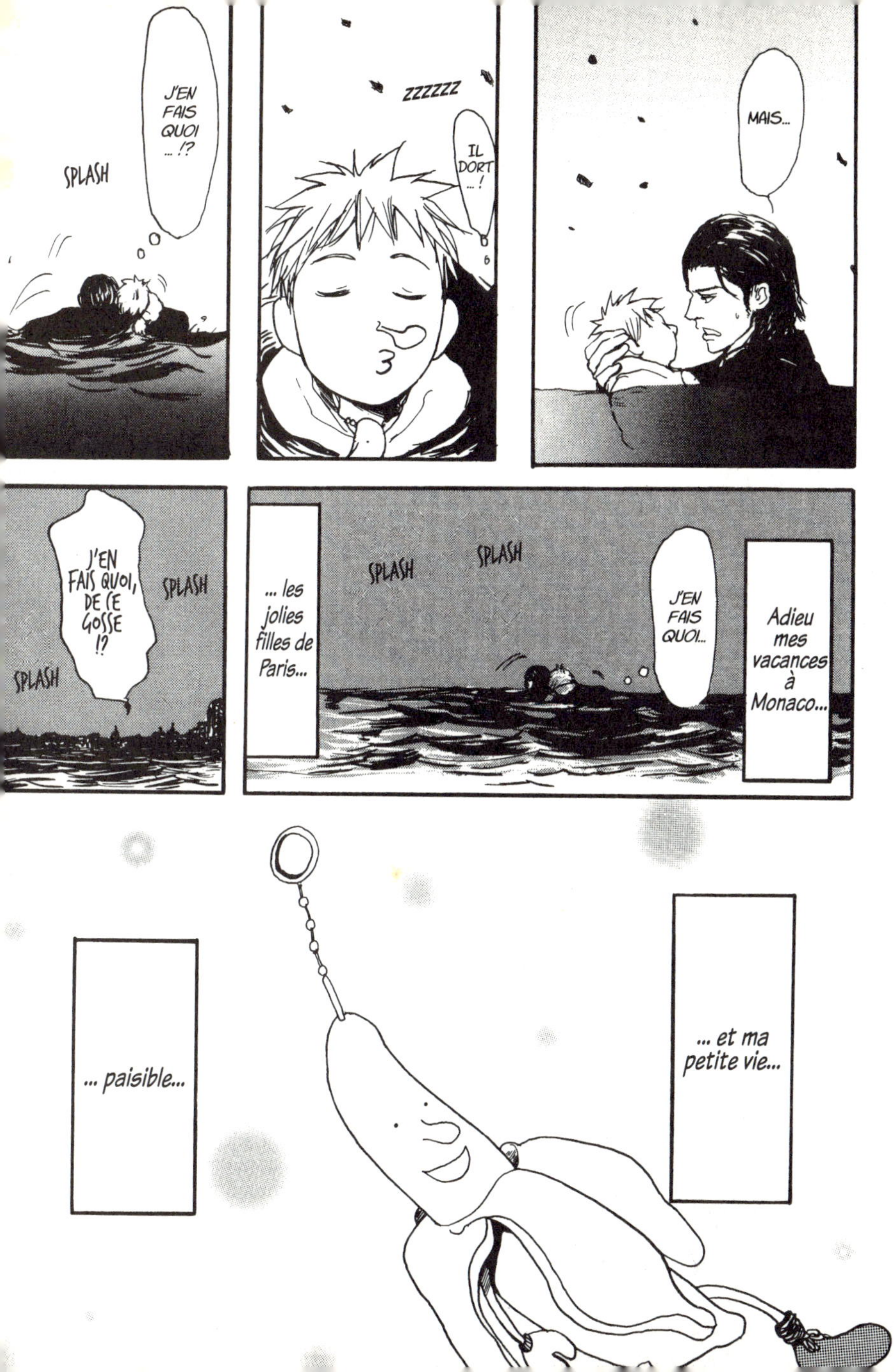
MAIS...
ZZZZZZ
IL DORT ... !
J'EN FAIS QUOI ... !?
SPLASH
Adieu mes vacances à Monaco...
J'EN FAIS QUOI...
SPLASH
SPLASH
... les jolies filles de Paris...
J'EN FAIS QUOI, DE CE GOSSE !?
SPLASH
SPLASH
... et ma petite vie...
... paisible...

PAPA'S ASSASSIN
~ Un fils excité ~

CELLOPHANE
Oh, et je vais aussi ajouter cette crème de marron que Ryûnosuke aime tant, et quelques conserves de harengs marinés ! Et puis…
RYÛNOSUKE NE RAFFOLE PLUS AUTANT DES ALIMENTS SUCRÉS, TU SAIS, TU N'ES PAS OBLIGÉE D'EN ENVOYER…
Ah bon ? Eh bien je vais mettre un pot de confiture de framboise à la place, dans ce cas…
MAMAN… EXCUSE-MOI, MAIS C'EST LE MATIN, ICI.
JE SUIS EN TRAIN DE PRÉPARER LES BOÎTES-REPAS, ET JE VAIS BIENTÔT DEVOIR PARTIR…
ON PRENDRA NOTRE TEMPS POUR DISCUTER UNE AUTRE FOIS, D'ACCORD ?

QUOI...
C'EST GRAND-MÈRE ?
Ne t'occupe pas de ça, file !
PASSE-LA-MOI !
BONJOUR MAMY !
GRATTE GRATTE
OUI, JE VAIS BIEN.
Quatorze années se sont écoulées depuis.
FOUAAAH
Ce petit garçon si profondément endormi que ni le fait d'être jeté dans une rivière ni le bruit d'une explosion ne réveillèrent...
... celui qui a radicalement changé tous mes projets d'avenir...
BIEN SÛR QUE J'AIME TOUJOURS LA CRÈME DE MARRON !
TU PEUX M'EN ENVOYER !
GRATTE GRATTE
... a bien grandi !

JE SAIS QUE TU NE LA MANGERAS PAS...
PEUT-ÊTRE, MAIS GON ET AYA SERONT CONTENTS.
N'OUBLIE PAS TON REPAS EN PARTANT !
OUAIS...
ET FERME À CLÉ, HEIN !
OU-AIS...
Ça fait déjà quatorze ans...
Bonjour !
Bonjour !
Nous ne sommes ni à Paris, ni à Monaco...
Et chaque jour, je prépare à manger, je monte dans le train...

T'EN FAIS PAS !
FAIS ATTENTION !!
ÇA MARCHE !
ON Y VA, BOB !
KLONK
KLONG
... et à présent âgé de 42 ans, je transpire des litres d'eau à trimer toute la journée.
TU VAS ME DIRE QUI EST CE GOSSE ?
FUUUUH
Voilà la petite vie tranquille que je mène depuis quatorze années.
Il y a quatorze ans...
MENTEUR.
C'EST LE FILS D'UN AMI QUI EST À L'HÔPITAL, IL M'A DEMANDÉ DE LE GARDER EN ATTENDANT QU'IL PUISSE SORTIR.

ALORS, C'EST QUOI SON JOLI PETIT NOM ?
SON NOM... ?
BEN OUI, SON NOM...
SON NOM...
RYÛNOSUKE, NE T'EN VAS PAS ! RYÛNOSUKE !!
TV
RYÛNO-SUKE...
QUOI ?
OUI, C'EST RYÛNO-SUKE !
RYÛNO-SUKE ?
C'EST ÇA, RYÛNO-SUKE...
RYÛNO-SUKE...
TOUT À FAIT !

JE PEUX LE PRENDRE ?
AH LÀ LÀ...
TU ES QUAND MÊME PAS CROYABLE...
TU NE PRENDS PAS LA PEINE DE VENIR ME VOIR UNE SEULE FOIS EN DEUX ANS...
ZZ
... ET QUAND TU REVIENS ENFIN, JE DÉCOUVRE QUE TU M'AVAIS CACHÉ CE PETIT TRÉSOR !
DIEU DU CIEL...
Sans me reprocher quoi que ce soit, ma mère a simplement remercié le ciel du lui avoir fait don de Ryûnosuke.
EUH...
ALLONS, ALLONS...
GAAAH
EN FAIT, JE L'AI TROUVÉ SUR LE BORD DE LA ROUTE, ET...
NE ME PRENDS PAS POUR UNE IDIOTE !!
IL TE RESSEMBLE COMME DEUX GOUTTES D'EAU !
J'ai bien essayé de lui expliquer, mais elle n'a jamais daigné m'écouter.
CE N'EST PAS MA MÈRE POUR RIEN !

J'ai bien pensé à profiter du fait qu'il soit endormi pour le laisser dans le train qui nous a conduit chez elle...
... et j'ai même poussé la porte d'un orphelinat !
JE VOUS EN SUPPLIE !
Mais à chaque fois, le visage désespéré de sa mère ressurgissait dans ma tête, m'empêchant de faire quoi que ce soit.
Une malédiction m'a été jetée.
C'est certainement mon châtiment pour tout ce que j'ai fait jusqu'à présent.

Mais si cette punition suffit pour obtenir mon salut...
... je l'accepte volontiers...
... au péril de ma vie.
JE ME SUIS FAIT ABORDER PAR UNE AGENCE.

ENCORE ?
C'EST BIEN DE VOULOIR EN PROFITER TANT QUE TU ES JEUNE, MAIS SACHE QUE SI TU DEVIENS MANNEQUIN, TU RISQUES FORT DE NE PLUS AVOIR DE TRAVAIL APRÈS À PEINE DEUX OU TROIS ANS !
ET PUIS, TU CROIS VRAIMENT POUVOIR DEVENIR TOP-MODÈLE AVEC TA TAILLE ?
BEN, IL Y A TOUTES SORTES DE MANNEQUINS, DE NOS JOURS !
JE NE VEUX PAS NON PLUS DEVENIR UNE SUPER STAR, DONC ÇA DEVRAIT LE FAIRE.
SI ON M'ENGAGE, CE SERA POUR APPARAÎTRE DANS DES MAGAZINES, OU BIEN DÉFILER POUR DES ÉTUDIANTS EN STYLISME.
AU FINAL, C'EST COMME N'IMPORTE QUEL AUTRE PETIT BOULOT !
EH BIEN DANS CE CAS, TROUVE-TOI PLUTÔT UN VRAI JOB D'ÉTUDIANT !
JE NE DIS PAS QUE ÇA S'APPLIQUE À TOUT LE MONDE, MAIS J'AI VU BEAUCOUP DE GENS DE CE MILIEU DÉGÉNÉRER ET MAL TOURNER. CE N'EST PAS UN MÉTIER TRÈS RECOMMANDABLE.

C'EST LA MÊME CHOSE PARTOUT.
OUAIS, À L'ÉTRANGER, PEUT-ÊTRE !
ENFIN BON...
SI C'EST VRAIMENT CE QUE TU VEUX, JE NE T'EN EMPÊCHERAI PAS.

?
QUOI ?
NON, RIEN.
JE VAIS FAIRE UN TOUR À LA SUPÉRETTE.
IL EST DANS UNE PHASE DE RÉVOLTE, OU QUOI ?
CRUNCH CRUNCH
GON, C'EST MOI.
JE PEUX VENIR CHEZ TOI ?
T'AS ENVIE ? OK, JE T'ATTENDS.
D'ACCORD.

Ryûnosuke, ton gentil papa pense que ce n'est pas une mauvaise chose que tu te rebelles un peu à ton âge !
QU'EST-CE QUE C'EST QUE ÇA ?
Harold (16 ans) et Shôta (16 ans), en 2e année au lycée rattaché à l'université T.
Type de filles : gentilles
vous allez au Sunday's
rrez rencontrer

HAROLD ET SHÔTA, EN 2E ANNÉE AU LYCÉE RATTACHÉ À L'UNIVERSITÉ T. ? C'EST QUOI CE DÉLIRE ?
HAROLD ? T'ES SÉRIEUX !?
BON, J'AVOUE QUE ÇA TE VA MIEUX QUE «RYÛNOSUKE», MAIS C'EST QUAND MÊME BIZARRE.
ON N'AVAIT PAS VRAIMENT LE CHOIX, MON PÈRE DÉTESTE CE GENRE DE CHOSES !
BAH, VOUS N'AVIEZ QU'À REFUSER...
C'EST GONTA QUI A ACCEPTÉ, PAS MOI !
ALLEZ, DÉTENDS-TOI UN PEU ! IL N'Y A QUE LES NANAS QUI LISENT CE MAGAZINE !
CLIC
HA HA
HA HA
Ah là là, les mecs...
L'UNIVERSITÉ T., C'EST N'IMPORTE QUOI, PERSONNE NE GOBERA ÇA !
Vous avez déjà goûté les muffins qu'ils vendent à la gare ? Ils sont trop bons !
OOOH...
On va s'en manger un ?
RYÛNOSUKE !

BON-JOUR !
BONJOUR !
MERCI POUR LA CRÈME DE MARRON, ELLE ÉTAIT DÉLICIEUSE !
OH, TU VAS QUELQUE PART ?
C'EST QUI ?
LE PÈRE DE RYÛ.
SÉRIEUX !?
LE PLAISIR EST POUR MOI ! ♥
JE SUIS LE PÈRE DE RYÛNOSUKE, ENCHANTÉ ! ♥
OH, TU DOIS ÊTR AYA ?
OUI !
OUI !
UN RENDEZ-VOUS ?
JE SORS CE SOIR, JE RISQUE DE RENTRER TARD...

POURQUOI TU NE PASSERAIS PAS LA NUIT CHEZ ELLE ?
PAF
NON, JE RENTRERAI À LA MAISON !
JE NE TIENS PAS À CE QUE VOUS PROFITIEZ DE MON ABSENCE POUR VOUS SAOULER !
ARRÊTE !
Désolé...
Quoi, ça vous est déjà arrivé ?
À PLUS, LES JEUNES !
PASSE UNE BONNE SOIRÉE !
IL EST SUPER CLASSE TON PÈRE, RYÛNOSUKE !
TU PARLES, CE N'EST QU'UN COUREUR DE JUPONS !
ET C'EST TOI QUI DIS ÇA ?
BEN QUOI, C'EST LA VÉRITÉ.
Ryûnosuke est devenu un bon garçon.
Il avait parfois tendance à être capricieux quand il était petit...
Je préférais la dame d'avant !!
Catherine, elle, elle faisait du pudding au potiron !!
Jones, elle, elle avait des petites culottes roses !!
Yoshiko, elle, elle avait des capotes rigolotes !!
...
... et il a commencé petit à petit à se détacher de moi...
Je n'ai plus l'âge pour les bisous avant d'aller dormir !
?

Il lui arrivait aussi de se montrer arrogant de temps à autre...
Le Prosciutto, ça ne va pas du tout avec ce vin ! Moi, je voulais de la Pancetta ! Et puis tu aurais dû acheter du céleri, aussi !
Tu détestes le céleri !
... mais il a toujours été un gentil petit-fils pour ma mère, bien qu'elle mette parfois son nez dans ce qui ne la regarde pas.
Merci mamy.
C'était déli-cieux !
Il s'est fait de bons amis à l'école...
... et s'est même trouvé une ravissante petite amie.
Bien sûr, il doit avoir un ou deux secrets qu'il ne veut pas que son père découvre, comme tous les gamins de son âge...

GSH
HA... !
GSH
HA... !
GSH
AH... !
HA !
AH ... !
HA !
... mais je suis soulagé de voir que j'en ai fait un bon garçon bien élevé !
AH !
Papa est très content !
Et ce soir, à partir de 21h…

HAAA, PAPA...
IL DOIT ÊTRE EN TRAIN DE COUCHER AVEC CETTE FEMME...
... OU AVEC UNE AUTRE, QUI SAIT.
SMACK
HAAA
FOUILLE
FOUILLE

FLAP
HAA
PAPA...
IL LUI RESSEMBLE.
JE NE SUIS...
FROUSH
FROUSH
... VRAIMENT QU'UN SALE PERVERS.
FRSH
FRSH
PUSH
PUSH
HAA...

AH... !
PAPA... !
C'EST BON, LÀ, RYÛNO-SUKE ?
OUI !
C'EST BON !
LÀ !
OUI, LÀ !
AH !
HA !
AH... !
HA !
AH... !
PAPA...
PAPA... !

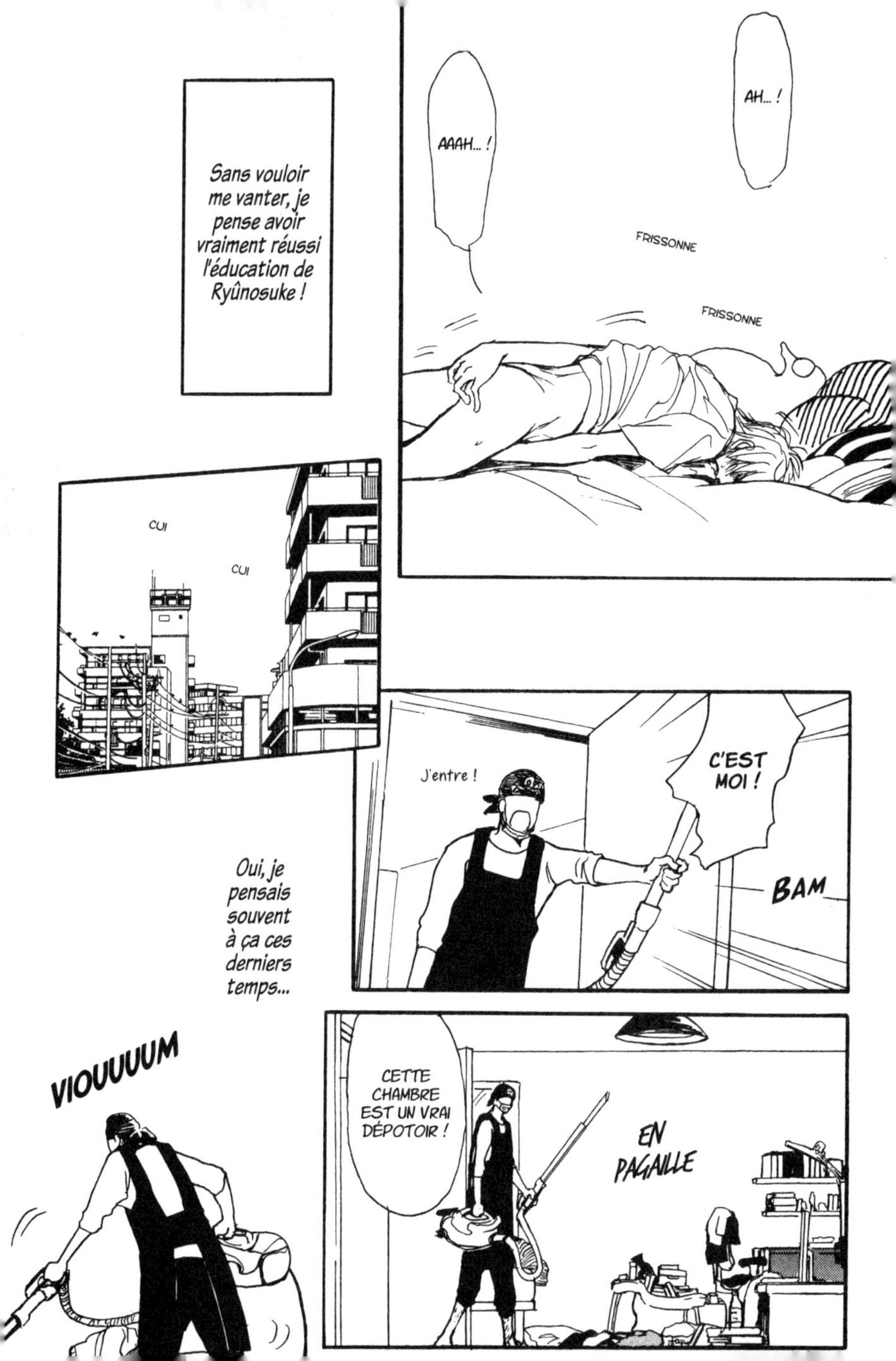
AH... !
AAAH... !
FRISSONNE
FRISSONNE
Sans vouloir me vanter, je pense avoir vraiment réussi l'éducation de Ryûnosuke !
CUI
CUI
C'EST MOI !
J'entre !
BAM
Oui, je pensais souvent à ça ces derniers temps...
EN PAGAILLE
CETTE CHAMBRE EST UN VRAI DÉPOTOIR !
VIOUUUUM

BGAY
welcome to the Jungle
ZWAM
... alors j'avoue avoir été assez surpris...
?
US 14.45
... en découvrant un de ces fameux secrets !

PAPA'S ASSASSIN
~ Papa est convoqué ~
Papa, 28 ans

FLAP
FLAP
NON...
NON, NON, NON...
CLAP
POURQUOI A-T-IL CE GENRE DE LIVRES... ?
JE N'ARRIVE PAS À Y CROIRE...

PEUT-ÊTRE...
... QUE LES GAMINS DE SA CLASSE LE FONT CIRCULER POUR RIGOLER ?
C'EST PLAUSIBLE, VU QUE JE N'EN AVAIS ENCORE JAMAIS TROUVÉ...
SUBGAY
welcome
BAH, APRÈS TOUT, IL A QUAND MÊME UNE PETITE AMIE ET CONSULTE RÉGULIÈREMENT DES MAGAZINES PORNO NORMAUX...
JE ME FAIS DU SOUCI POUR RIEN !
MAIS MAINTENANT QUE J'Y PENSE, QUAND GON EST VENU DORMIR À LA MAISON...
... et que j'ai ouvert la porte de la chambre...
... j'ai eu comme une impression bizarre, l'espace d'une seconde... !
Tenez, des bonbons.
Je me souviens de ce blanc assez particulier quand je suis entré.
Ah, cool, merci beaucoup !
Enfin bon, à leur âge, c'est normal qu'ils se sentent parfois mal à l'aise quand leurs parents font irruption.
Et puis après tout, il y a bien une personne sur cinq qui est gay dans mon pays d'origine...
Dans mon entourage, du moins...

Il n'y a rien de mal à être homosexuel...
... MAIS RYÛNOSUKE NE PEUT PAS L'ÊTRE !
C'est vrai qu'au début qu'on a emménagé ici, il s'est fait embrasser par un garçon...
SMACK
... qu'il a failli se faire enlever par un type du voisinage un jour...
HÉ LÀ !
... et qu'il lui est déjà arrivé d'essayer une des culottes à ficelles de Jones...
WOUUH !
....
C'ÉTAIT ADORABLE !
CLIP
Il est vrai que plus il grandit, plus il devient mignon...
Fier de son fiston
Pas éton-nant qu'il se fasse souvent accoster !
Et si un gars bizarre l'avait invité un jour...
TOUT VA BIEN SE PASSER, N'AIE PAS PEUR ! TU VAS VOIR COMME C'EST BON !
NOOON, ARRÊTEEEZ !
... et que ça ait éveillé quelque chose en lui... ?

Un malheureux magazine gay planqué sous son lit ne prouve rien du tout !
PAS MON PETIT RYÛ !
FLAP
Im-pos-sible !!
Non, non, non !
Ou bien je me voilerais la face... ?
.....
Tous les petits garçons se demandent pourquoi le zizi de leur papa est si poilu et si gros !
Mais selon moi, ce n'était rien de plus que de la simple curiosité.
Maintenant que j'y repense, quand il était petit, ça lui arrivait souvent de fixer mon sexe quand on prenait un bain ensemble...
IL M'AVAIT MÊME DIT QUE ÇA RESSEM-BLAIT À UNE GRANDE MONTAGNE...
... UN PEU COMME LE MONT BLANC.

Raaaah, je vois le mal partout à force d'y penser !
PLAF
PLAF
À ce rythme-là, j'y suis encore demain !!!!
Tout ça à cause de ce foutu magazine !!
Hier soir, encore !!
TU AS BIEN DE LA CHANCE D'AVOIR UNE SI ADORABLE PETITE AMIE.
ELLE EST TRÈS MIGNONNE, CETTE AYA !
OUAIS.
SA GRAND-MÈRE EST BRÉSILIENNE.
Et il paraît même que c'est une danseuse de folie !
AH BON...
Sa grand-mère ?

AU FAIT, DEMAIN JE VAIS DORMIR CHEZ GONTA.
PIC
OH, TRÈS BIEN...
SOIS PRUDENT.
HM ?
QU'EST-CE QUI T'ARRIVE ?
NON, RIEN...
J'ai beau lui avoir dit ça...
C'est quand même un choc plus difficile à encaisser que je ne le pensais.
Klong
Klong
C'est pour ça que lorsque j'ai reçu cet appel...
OUI, ICI AKUTAGAWA.
Excusez-moi...
QUOI...
... je me suis senti soulagé...

... et je n'ai pas pensé une seule seconde que mes mots pourraient te blesser.
JE NE SUIS PAS CONTRE LE FAIT QU'IL FRÉQUENTE UNE FILLE...
D'AILLEURS, DE NOMBREUX ÉLÈVES SORTENT ENSEMBLE.
LE PROBLÈME...
... C'EST QUE...
... JE PRÉFÈRERAIS QU'ILS ÉVITENT D'ÊTRE INDÉCENTS DANS L'ENCEINTE DE L'ÉCOLE.

HUM…
C'EST AVEC UNE FILLE…
… QU'IL ÉTAIT, PAS VRAI ?
ZWOUP
C'EST BIEN UNE FILLE QU'IL TRIPOTAIT !?
SURSAUTE
EUH… OU…
OUI, TOUT À FAIT…
PAPA…
SI TU CONTINUES TU RISQUES D'ÊTRE ACCUSÉ DE HARCÈLEMENT SEXUEL.
Assieds-toi, tu veux ?
TU VOIS BIEN QUE LA PROF EST SUR LE POINT DE MOUILLER…
LÀ, C'EST DU HARCÈLEMENT SEXUEL !
HAA…
PFIOU…

VEUILLEZ M'EXCUSER...
JE SUIS RESPONSABLE DE SON MANQUE D'ÉDUCATION.
NE DITES PAS CELA...
SOYEZ SÛRE QUE J'AURAI UNE PETITE DISCUSSION AVEC LUI À LA MAISON.
PARFAIT...
HA HA
MADAME ?
OUI, DONC, COMME JE LE DISAIS !!
JE DEVRAIS MOI AUSSI ÊTRE PLUS ATTENTIVE AFIN QUE CELA NE SE REPRODUISE PAS !
DORÉNAVANT, TÂCHEZ D'AVOIR UN PEU PLUS DE RETENUE !
OUI !
PAPA
J'AIMERAIS M'ENTRETENIR UN PEU AVEC TON PÈRE, POURRAIS-TU ALLER L'ATTENDRE DEHORS ?

HEUREUSEMENT QU'ON S'EST FAIT PINCER AVANT QUE GON N'ARRIVE...
JE N'OSE MÊME PAS IMAGINER LE SERMON AUQUEL ON AURAIT EU DROIT S'IL AVAIT ÉTÉ LÀ !
NON JUSTEMENT, ON AURAIT PEUT-ÊTRE PU S'EN TIRER PLUS FACILEMENT.
C'EST PAS FAUX...
SHKAC
J'ESPÈRE AU MOINS QUE TU N'AS PAS ABUSÉ D'ELLE !
RASSURE-MOI !
JE L'AI JUSTE UN PEU PELOTÉE...
ALLONS, BEAU-PAPA !
AYAKO
BONJOUR !
JE SUIS SINCÈREMENT DÉSOLÉE DE VOUS AVOIR CAUSÉ DES SOUCIS !

JE NE VEUX PAS VOUS INTERDIRE DE FAIRE QUOI QUE CE SOIT, MAIS TÂCHEZ AU MOINS DE RESTER DISCRETS.
VOUS VOUS PROTÉGEZ CORRECTEMENT, J'ESPÈRE ?
MÊME SI RYÛNOSUKE N'AIME PAS UTILISER DE PRÉSERVATIFS, VEILLE TOUJOURS BIEN À CE QU'IL EN METTE UN !
SI TU VENAIS À TOMBER EN-CEINTE, VOUS SERIEZ TOUS LES DEUX RES-PONSABLES !
OUI !
ARRÊTE ÇA, J'EN METS TOUJOURS !
VOTRE PROFES-SEUR A ESSAYÉ DE M'EN DISSUADER...
... MAIS J'AIMERAIS VRAIMENT DISCUTER AVEC TES PARENTS, AYA.
S'IL VOUS PLAÎT, NON !!
TOUT SAUF ÇA !
J'AI FAIT PROMETTRE À LA PROF DE NE RIEN LEUR DIRE POUR CETTE FOIS !
SI CETTE HISTOIRE ARRIVAIT JUSQU'AUX OREILLES DE MA MÈRE ET QU'ELLE DÉCIDAIT DE VENIR À L'ÉCOLE...
... RYÛ ET LA PROF SERAIENT TOUS LES DEUX RENVOYÉS !
Elle ne serait pas un peu folle, ta mère ?
?
HOCHE
JE VOUS EN SUPPLIE...!

TRÈS BIEN...
JE VAIS FERMER LES YEUX POUR CETTE FOIS.
PAAAAH
AAAH ! MERCIII...
... BEAU-PAPA !
HUM, TU ES SÛRE ?
OUI !
JE VEUX UN CÂLIN !
HA HA HA HA !
SERRE
AH LÀ LÀ...
POF
POF
Ce que c'est bon, beau-papa !
Une jeune fille de ton âge ne devrait pas dire des choses pareilles.

TU EN VEUX UN AUSSI ?
ALLEZ !
Approche !
NON MERCI, ÇA IRA.
JE SUIS SOULAGÉ QUE TU SOIS UN GARÇON TOUT CE QU'IL Y A DE PLUS NORMAL !
J'AVAIS UN PEU PEUR QUE TU SOIS GAY...
... MAIS JE SUIS RASSURÉ, MAINTE-NANT !

ET SI ON RENTRAIT ?
BON...
POF POF
Pardonne-moi, Ryû.
QU'EST-CE QUI LUI ARRIVE ?
SON PÈRE...
... LUI A DIT QUELQUE CHOSE DE CRUEL, HIER...
JE LE PLAINS, LE PAUVRE...

DÉSOLÉ...
JE VAIS RENTRER.
O.K., À PLUS.
RYÛ !
LES ADULTES NE SONT PAS TOUJOURS PERSPICACES...
D'AILLEURS, MA MÈRE...
... DIT QUE LES ADULTES SONT AVANT TOUT DES ÊTRES HUMAINS, EUX AUSSI.
ÇA VA ALLER, NE T'EN FAIS PAS !
HOCHE

TULULULUUUT
TULULULUUUT
ALLÔ ?
Ryû ?
C'est moi, Asako !
Comment vas-tu ?
ÇA VA...
JE VAIS BIEN.
Ça n'a pas l'air, pourtant …
Il s'est passé quelque chose ?
NON, RIEN.
Ah bon ?
Est-ce que ton père est là ?
IL EST DANS LA CHAMBRE À CÔTÉ.
Bah, je n'ai rien à lui dire de toute façon
LALALAAA, MONSIEUR LE VER DE TERRE, LALALAAA
DIS-MOI, ÇA TE DIRAIT QU'ON AILLE MANGER TOUS LES DEUX ?
J'AI ENTENDU PARLER D'UN RESTAURANT QUI SERT DE L'AGNEAU ET DU CANARD, J'AIMERAIS BIEN LE TESTER.
Mouais …
Ryû…
Ça fait du bien de sortir prendre l'air quand on a le moral dans les talons…
Tu devrais venir !

ET PUIS ÇA ME FERAIT PLAISIR DE TE REVOIR DEPUIS TOUT CE TEMPS.
TU REFUSES TOUJOURS LES OFFRES DE MANNEQUINAT ?
OUAIS, PAPA N'EST PAS FAN...
C'EST VRAI...
IL NE VOULAIT DÉJÀ PAS QUE TU SOIS MANNEQUIN POUR ENFANTS À L'ÉPOQUE.
IL N'AIME PAS ÇA...
... MAIS JE NE SAIS PAS POURQUOI.
BONJOUR !
En suggestion, nous avons du canard aux airelles ainsi que du sauté d'agneau, accompagnés de purée de pomme de terre.

JE SUIS PRÊTE À T'ÉCOUTER, SI TU VEUX EN PARLER.
QU'EST-CE QUI T'ARRIVE ?
PFFF...
NON...
CE N'EST PAS GRAND-CHOSE...
ALORS... ?
LA VIE NE VAUDRAIT PAS LA PEINE D'ÊTRE VÉCUE...
... SI ON NE RENCONTRAIT PAS QUELQUES DIFFICULTÉS EN CHEMIN, TU SAIS.

HUM... COMMENT DIRE...
IMAGINONS QUE TON ENTOURAGE...
... REJETTE CE EN QUOI TU CROIS...
... CE QUE TU AS ENVIE DE FAIRE...
... OU MÊME CE QUE TU AIMES.
TOI, CE SONT DES CHOSES QUI TE TIENNENT BEAUCOUP À CŒUR...
... MAIS DU COUP TU SERAIS UN PEU PERDUE, ET TU TE DEMANDERAIS SI TU N'ES PAS DANS L'ERREUR...
QU'EST-CE QUE TU FERAIS, TOI, DANS CE CAS-LÀ ?
SI C'EST RÉELLEMENT CE DONT J'AI ENVIE...
... JE SUIVRAIS MON CŒUR, MÊME SI J'HÉSITE...
... ET QUE TOUT MON ENTOURAGE EST CONTRE MOI.
S'IL S'AVÉRAIT PAR LA SUITE QUE LES AUTRES AVAIENT RAISON ET QUE J'ÉTAIS DANS L'ERREUR...
... EH BIEN TANT PIS POUR MOI, JE PRÉFÈRE QUAND MÊME AGIR EN ACCORD AVEC MES SENTIMENTS...
... ET TROUVER MES PROPRES RÉPONSES.
MÊME S'IL M'ARRIVE DE REGRETTER LE RÉSULTAT, AU MOINS, JE FAIS EN SORTE...
... DE NE PAS REGRETTER LE CHOIX QUE J'AI FAIT.

C'EST POUR CELA QUE JE NE REGRETTE PAS D'AVOIR ÉPOUSÉ TON PÈRE.
CELA DIT, JE M'EN VEUX QUAND MÊME UN PEU...
... DE VOUS AVOIR FAIT VENIR AU JAPON.
JE SUIS CONTENTE D'AVOIR ÉCOUTÉ MON CŒUR...MÊME QUAND J'AI ROMPU AVEC TON PÈRE.
... MAIS
LE PLUS DIFFICILE...
... A ÉTÉ DE DEVOIR ME SÉPARER DE TOI...
ON PEUT ENCORE SE VOIR DE TEMPS EN TEMPS...
... ET PUIS C'EST SYMPA, LE JAPON !
OUI, C'EST VRAI.
....
JE CROIS...
... QU'IL VAUDRAIT MIEUX...
... QUE JE NE VIVE PLUS AVEC MON PÈRE.

AH, J'EN CONNAIS QUI SE SONT DISPUTÉS !
NON, PAS TOUT À FAIT...
JE DIRAIS JUSTE QU'ON N'EST PAS SUR LA MÊME LONGUEUR D'ONDES...
À UN DE CES JOURS, RYÛ, PORTE-TOI BIEN !

Si c'est réellement ce dont j'ai envie...
... je suivrais mon cœur, même si j'hésite...
Les adultes ne sont pas toujours perspicaces...
Leurs avis sont intéressants, mais pas tout à fait dans le juste.
Enfin c'est normal, je ne leur ai pas tout dit non plus...
Pas étonnant !
HAA...
Je ne veux absolument pas qu'il découvre ce que je ressens...
Je ne peux pas m'empêcher de me demander s'il ne serait pas plus compréhensif si j'étais une fille...
Je suis soulagé que tu ne sois pas gay !

Oui, c'est normal...
Surtout un coureur de jupons comme lui... !
Et en plus, comme si ce n'était pas suffisant, je suis amoureux de mon propre père...
C'est tellement répugnant... !
Il me détesterait !
Même si mes senti-ments sont sincères...
... il me détesterait, ça ne fait aucun doute !!

BON SANG...
VOILÀ QUE JE ME METS À PLEURER... !
UURGH
Pas dehors...
C'est trop la honte... !
UUH
UUH
UUH...
UUUH
OUUIIIIN !
VLOUSH
OUIIIIN
OUIIIIN
OUIIIIN

OUIIIIN
OUIIIIN
OUIIIIN
OUIIIIN
OUIIIIN
OUIIIIN
OUIIIIN
OUIIIIN
OUIIIIN
OUIIIIN
OUIIIIN
OUIIIIN
OUIIIIN
OUIIIIN
OUIIIIN
OUIIIIN
OUIIIIN
OUIIIIN
OUIIIIN
OUIIIIN
OUIIIIN
OUIIIIN
OUIIIIN
QU'EST-CE QUI SE PASSE MON GARÇON ?
OUIIIIN
OUIIIIN
OUIIIIN
OUIIIIN
OUIIIIN
OUIIIIN
VUUGH
VUUGH
URGH...
Ça soulage de pleurer quand on est triste !
MERCI...
Je me suis fait consoler par un sans-abri.

PAPA'S ASSASSIN

~ Les vertiges de la jeunesse, l'apparition d'un ange ~

RÉSUMÉ DES DERNIERS ÉVÉNEMENTS ...
Ryûnosuke s'est fait consoler par un sans-abris...
... mais l'histoire du SDF a fini par s'éterniser...
Et après ça, la société pour laquelle je travaillais a fait faillite. C'était terrible, et...
Oui, elle était désespérément longue, mais heureusement pour lui, Ryûnosuke a la faculté de n'écouter que ce qui l'arrange.
c'est donc rentré par une oreille et sorti par l'autre.
DOOOOM
C'est fou, non !? Et puis après... bla bla bla... mais dans ce monde...
Moi aussi j'aimerais bien travailler ! ais... bla bla bla... les gens comme moi...
BLA
BLA
Et finalement, la conclusion de tout ça...
JE SUIS CONTENT QUE MON PÈRE SOIT MON PÈRE... !
Il ne se plaint jamais, et il est prêt à tout faire comme boulot.
À présent, Ryû se sent un peu plus léger !
BON, JE VAIS ARRÊTER DE ME MASTURBER EN PENSANT À LUI !
PAR CONTRE, JE NE LUI DIRAI PAS QUE JE SUIS GAY !

JE SUIS PERSUADÉ QU'UN JOUR...
... J'AIMERAI QUELQU'UN ENCORE PLUS QUE LUI !
QUOI ?
JE CROYAIS T'AVOIR DEMANDÉ DE FAIRE LE VERSE-MENT AU-JOURD'HUI... !
HAA TAC
TAC
J'allais justement te contacter, le taux pourrait bien augmenter. On attend deux ou trois jours pour voir ?
It tried to report now.
The rate might go up.
low though it wants to se
e second appearance?
Tu es sûr de tes infos ?
Is it a positive intelligence?
Well, 60%
Oui… à 60%.

D'accord, convertis seulement la moitié…
Realize the half, and another half to t
… et garde le reste pour plus tard.
OK.Consent
Compris !
.....
Ce n'est pas ma faute, c'est à cause de l'Amérique, ça ! Et c'est aussi à cause de tous ces hamburgers que je grossis, d'ailleurs !
TU NE CHANGERAS JAMAIS…
Comment ça se passe de ton côté, pas de changement ?
SI TU RÉPÈTES LA MÊME ERREUR QU'AVEC CE SALARIÉ LA DERNIÈRE FOIS, TU NE T'EN SORTIRAS PAS IMPUNÉMENT…
CLAP
NON, AUCUN.

ATCHOUM !!
CUI
CUI
SNIRF
QU'EST-CE QUI T'ARRIVE ?
BEUUH ....
TU AS ATTRAPÉ FROID ?
J'AI LA NAUSÉE ...
TU AS DE LA FIÈVRE ?

GNOM
TIENS !
PARLES POUR TOI...
VOILÀ CE QUI ARRIVE QUAND ON SE BALADE DEHORS EN NE PORTANT PRATIQUEMENT RIEN !
CRSH CRSH
SHRRR
TAC TAC
POC
Ah là là...
GRAAAH
HÉ, TU TIENS LE COUP ?
FOUAAAH

RETOURNE VITE AU LIT !
UUURGH
ZWISH
ZWISH
TU DOIS TE REPOSER.
JE VAIS DEMANDER À CHARLOTTE DE VENIR VEILLER SUR TOI.
D'ACCORD...
ET CHANGE-TOI SI TU TRANSPIRES BEAUCOUP.
OUI...

TON FILS À TOI EST DÉJÀ ADULTE, HEIN, BOB ?
TU PARLES, IL PASSE LE PLUS CLAIR DE SON TEMPS À FANFARONNER DEHORS ET À COUCHER AVEC TOUTES LES FILLES QU'IL RENCONTRE...
... CE N'EST ENCORE QU'UN SALE MÔME !
MÊME UNE FOIS DÉBARRASSÉS DE LEURS COUCHES.
... LES HOMMES RESTENT INDÉFINIMENT DES GAMINS !
C'EST CE QUE CAMI DIT...
... QU'ILS ONT ENCORE DE LA MERDE AU FOND DU SLIP !
Je ne suis pas sûr de comprendre ...
TU-LU-LU-LUT
AH ! C'EST TOI, CHARLOTTE !
COMMENT VA-T-IL ?

IL EST TOUJOURS AUSSI CANON...
J'EN FERAIS BIEN MON QUATRE HEURES !
Essaye seulement !
SA FIÈVRE A BAISSÉ POUR LE MOMENT, MAIS ELLE POURRAIT REMONTER LA NUIT.
Je ne peux pas rester plus tard que 2h…
ÇA SUFFIRA.
JE TE REMERCIE, EN TOUT CAS...
TU ME SAUVES !
Bob, arrête de parler de merde quand on mange !
TA DETTE ENVERS MOI NE FAIT QUE S'ALOURDIR !
DANIEL A DIT QU'IL ME FERAIT L'AMOUR !
CONTENT POUR TOI.
KYAAAH
BON, PAS LE CHOIX...
BIP
BIP
Je ne peux répondre pour le moment, veuillez laisser un message après le bip sonore…

C'EST MOI...
MON FILS EST MALADE...
... JE VAIS DEVOIR RESTER À LA MAISON AVEC LUI.
JE SUIS DÉSOLÉ, MAIS IL FAUDRA REMETTRE NOTRE RENDEZ-VOUS À PLUS TARD.
JE TE DEMANDE PARDON.
....
TU LULU LUT
Quel papa-poule, Daniel...
Ah, Ryôko !
Excuse-moi…
CE N'EST PAS GRAVE, NE T'EN FAIS PAS.

Mais dis-moi plutôt comment va Ryûnosuke ?
PAS TROP MAL, JE PENSE...
SI JE PEUX FAIRE QUOI QUE CE SOIT, N'HÉSITE PAS !
JE VEUX BIEN VENIR LUI PRÉPARER UN BON REPAS CHAUD...
C'EST TRÈS GENTIL...
... MAIS ÇA IRA.
Tu sais… … Ryû est à l'âge où on commence à s'intéresser aux femmes. Si un joli petit lot comme toi le voyait dans cet état, je pense qu'il serait plus embarrassé qu'autre chose !
SI TU CROIS POUVOIR M'EMBOBINER COMME ÇA...
C'est la vérité !
Je me rattraperai la prochaine fois !
TRÈS BIEN...
J'AI HÂTE !
ALLEZ, À BIENTÔT.
BON, JE VAIS Y ALLER !

MERCI, CHARLOTTE. TU SAIS QUE JE T'AIME, TOI ?
MAIS MOI AUSSI, MON CHOU ! ♥
TIENS, AU FAIT ! LE NOUVEAU CLUB QUI VIENT D'OUVRIR EST CARRÉMENT DU TONNERRE, C'EST TROP HOT LÀ-BAS !
TU DEVRAIS ESSAYER D'Y ALLER EN DOUCE QUAND TU SERAS REMIS SUR PIED.
IL Y A UNE TONNE DE MECS COMME TU LES AIMES ! ♥
Tu es vraiment un bon garçon !

TU AURAIS DÛ ALLER À TON RENCARD.
JE NE SUIS PLUS UN GAMIN, TU SAIS...
... UN SIMPLE RHUME NE VA PAS ME TUER !
ET TA TEMPÉRATURE ?
37°.
BIEN, ÇA A L'AIR D'ALLER.

JE PEUX M'AS-SEOIR ?
BIEN SÛR.
Je sais pourquoi il se montre aussi attentionné quand j'ai de la fièvre.
Quand j'étais tout gamin...
... mon père, qui avait rendez-vous avec des amis qu'il avait perdu de vue...
... m'a laissé seul à la maison, alors que j'étais malade, pour aller boire un verre.
ZZZZ

Ma grand-mère devait passer me voir dans la soirée, et comme je dormais, il a pensé que tout irait bien.
Mais quand elle est arrivée, ma condition s'était dégradée...
Ryû ! Tu m'entends !?
BRRR
BRRR
... et j'ai dû être emmené à l'hôpital.
À l'époque, les téléphones portables n'étaient pas encore très répandus, et personne n'avait pu prévenir mon père.
Quand il est rentré de sa petite virée, l'aube pointait le bout de son nez...
... et il a trouvé la maison complète-ment vide.
Là, il a entendu le message laissé sur le répondeur et s'est précipité à l'hôpital.
RYÛ !!

SBAF
ESPÈCE D'IRRESPONSABLE !
TU AVAIS L'INTENTION DE TUER TON FILS, OU QUOI !?
Papa s'est fait passer un savon par grand-mère...
JE T'AVAIS POURTANT DIT D'ATTENDRE QUE J'ARRIVE AVANT DE T'EN ALLER ! NON MAIS QUEL IMBÉCILE TU FAIS !!
GYAAAAH
... qui l'a aussitôt traité de père indigne.
Chez les jeunes enfants, les fortes fièvres peuvent souvent dégénérer et entraîner des troubles cérébraux.
On peut en rire aujourd'hui, puisque je n'ai gardé aucune séquelle...
Papa...
... mais il paraît que ce qui a le plus fait souffrir mon père...
KHOFF KHOFF
Papa...

Tout va bien, je suis là.
... c'est ce que je murmurais pendant mes divagations.
Enfin, c'est ce que m'a raconté ma grand-mère.
En réalité, mainte-nant...
... je n'ai plus besoin d'autant d'atten-tion...
PAPA...
TU DEVRAIS RAMENER TA PETITE AMIE À LA MAISON, LA PROCHAINE FOIS !

SI TU ME PRÉVIENS À L'AVANCE, JE PEUX M'ARRANGER POUR NE PAS ÊTRE LÀ.
JE NE VEUX PAS TE CHASSER, ON EST UNE FAMILLE !
PEUT-ÊTRE, MAIS CE SERAIT PLUS SYMPA POUR TA COPINE.
Tu devrais le savoir ! C'est bien pour ça que tes relations ne durent jamais longtemps !
ET PUIS JE N'AI PAS FRANCHEMENT ENVIE D'ENTENDRE MON PÈRE FAIRE DES COCHONNERIES AVEC UNE FEMME !
HA HA HA !
Désolé...
OUI, TU AS RAISON.
CE SERAIT ASSEZ SORDIDE...

DANS CE CAS, QUE DIRAIS-TU D'ALLER MANGER UN MORCEAU AVEC ELLE ET MOI, LA PROCHAINE FOIS ?
ÇA NOUS FERAIT UNE PETITE SORTIE.
ÇA MARCHE !

J'abandonne tout le reste.
C'est très facile de jouer au fils parfait.
Il suffit que je critique mon père de temps en temps...
... ou que je glisse un petit compliment par-ci par-là...
... en utilisant pile-poile la bonne dose d'amour.

C'est l'enfer.
JE SUIS CONTENTE QUE TU SOIS VENU AUJOURD'HUI, ÇA M'A FAIT ÉNORMÉMENT PLAISIR DE TE VOIR.
JE N'AI PLUS L'HABITU-DE DE CE GENRE DE SORTIE, J'AVOUE QUE J'ÉTAIS UN PEU NERVEUX...
AH BON ? EN TOUT CAS, JE ME SUIS BIEN AMUSÉE !
K'sArt
BON, C'EST ICI QUE JE VOUS LAISSE.
D'AC-CORD, ET ENCORE MERCI.
PRENEZ VOTRE TEMPS TOUS LES DEUX.
QUEL GARÇON CHAR-MANT !
Je veux m'enfuir... !
Je ne peux pas continuer ainsi... !

J'aurais mieux fait de ne pas me montrer aussi aimable !
BON SANG... !
C'était plus simple avant...
BON SANG !
Pourquoi... ?
Pourquoi... ?
UUURGH... ÇA CRAINT... !
À FORCE DE REPRODUIRE LE MÊME SCHÉMA, LES LECTEURS ET L'ÉDITEUR VONT SE METTRE EN COLÈRE... !
En plus, le SDF est encore là...
... lui aussi... !

Sois fort... !!
Tu dois laisser tout ça de côté... !!
VUGH ..
BOUVUUUUUUUH
Mais il y a des jours où on ne peut retenir ses larmes, peu importent les efforts !
OUIIIIN
OUIIIIN
SNIF
OUIIIIN
SNIF
OUIIIIN
EXCUSE-MOI... EST-CE QUE TOUT VA BIEN ?
Je ne veux pas de tes mouchoirs en papier !
DÉSOLÉ LE VIEUX...
... MAIS JE N'AI PAS LE TEMPS POUR TES HISTOIRES AUJOUR-D'HUI...
De toute façon je ne t'ai jamais écouté...
HUM... VISIBLEMENT, TU FAIS ER-REUR SUR LA PERSONNE...

JE PASSAIS SIMPLEMENT DANS LE COIN...
... ET J'AI VU QUE TU NE TE SENTAIS PAS BIEN...
Dieu...
... existe ?
Quoi ?

PAPA'S ASSASSIN

~ Un trou dans le cœur, Juliana Tokyo ~

?
WOOOH...
?

À TON PÈRE ?
JE TE JURE !
TU ES SON PORTRAIT CRACHÉ !
EUH, ENFIN... SAUF QUE TU ES ENCORE PLUS BEAU, PLUS JEUNE...
... ET CARRÉMENT PLUS CLASSE !
AH, EUH...
JE SUIS DÉSOLÉ.
OH, NE T'EN FAIS PAS. JE T'AI UN PEU PRIS POUR UN FOU AU DÉPART...
... MAIS J'AVOUE QU'IL Y A DE QUOI ÊTRE SURPRIS !
Je le suis aussi !
C'est pas tout à fait faux non plus...

JE VOIS...
TON PÈRE, HEIN...
MAIS DIS-MOI, TOUT VA BIEN ?
TU PLEURAIS...
OUI, OUI ! ÇA VA, MERCI !
Tant mieux !
......
ALLEZ, SALUT !
AH...
......
...
AU FAIT...

JE TRAVAILLE DANS CET IMMEUBLE, LÀ-BAS.
TU VOIS ? LE BLEU...
J'ÉTAIS SORTI PORTER DES DOCUMENTS À UN CLIENT.
AUJOURD'HUI JE DOIS FINIR...
... DANS APPROXIMATIVEMENT DEUX HEURES.
COMMENT DIRE...
JE SAIS QU'ON VIENT DE SE RENCONTRER ET QUE CE N'EST PEUT-ÊTRE PAS LE LIEU POUR DEMANDER ÇA...
... MAIS EST-CE QUE ÇA TE DIRAIT QU'ON AILLE MANGER ENSEMBLE ?
ENFIN...
JE COMPRENDRAIS QUE TU NE VEUILLES PAS, IL NE FAUT SURTOUT PAS TE SENTIR OBLIGÉ...

ET COMMENT QUE ÇA ME DIT !!
Voix intérieures
Oui Monsieur !! Avec plaisir !!
ALORS...
POUR REPRENDRE LES PRÉSENTATIONS... JE M'APPELLE VISTEL RIKA, ENCHANTÉ.
MOI C'EST RYÛNOSUKE AKUTAGAWA, TU PEUX M'APPELER RYÛ.
TU ES JAPONAIS ?
NON. MON PÈRE EST FRANÇAIS ET MA MÈRE EST AUTRICHIENNE, MAIS LES CIRCONSTANCES ONT FAIT QUE JE ME SUIS RETROUVÉ AVEC UN NOM JAPONAIS.
LES CIRCONSTANCES ?
MON PÈRE S'EST REMARIÉ AVEC UNE JAPONAISE, ET ON A PRIS SON NOM.
ÇA, ON PEUT DIRE QUE C'EST UN SACRÉ CONCOURS DE CIRCONSTANCES.
Je sais. On dirait une bonne grosse blague, sauf que c'est vrai.
ET TOI, VISTEL ?
TU PEUX M'APPELER VIS.
JE VIENS DU DANEMARK. MON PÈRE EST ITALIEN ET MA MÈRE DANOISE. TOUS LES DEUX, ILS SONT UN PEU COMME DE L'HUILE ET DE L'EAU QU'ON TENTE DE MÉLANGER, ET MOI, JE SUIS NÉ DE CETTE UNION POUR LE MOINS EXCENTRIQUE.

JE BOSSAIS DANS LE DOMAINE DE L'EXPORTATION AU DANEMARK, ET AVEC LE TEMPS, J'AI ÉTÉ NOMMÉ RESPONSABLE DE LA BRANCHE JAPONAISE
LÀ, JE SUIS AU JAPON POUR VENDRE DES MEUBLES EN PROVENANCE D'EUROPE DU NORD.
OOH...
ET TOI, ÇA FAIT LONG-TEMPS QUE TU ES AU JAPON ?
ASSEZ, OUI. J'AVAIS À PEU PRÈS SEPT ANS QUAND ON EST ARRIVÉS.
AH, D'ACCORD, C'EST POUR ÇA QUE TU PARLES AUSSI BIEN !
TU M'AS APPELÉ «LE VIEUX» QUAND ON S'EST REN-CONTRÉS.
MAIS NON, TU N'Y ES PAS ! C'ÉTAIT UN MALENTENDU !
TU ES LOIN D'ÊTRE VIEUX, VIS !
JE T'AS-SURE !
HA HA ! JE NE M'EN FAIS PAS POUR ÇA !
SI JAMAIS TU CONNAIS DES COINS SYMPAS, TU POURRAIS PEUT-ÊTRE ME FAIRE VISITER UN PEU LA PROCHAINE FOIS ?
J'AI PAS MAL DE TEMPS LIBRE.

ET COMMENT QUE JE PEUX TE FAIRE VISITER !!
Voix intérieures
Oui Monsieur !! Avec plaisir !!
... le jeune Ryû s'en va frétillant de joie, le cœur et le corps légers, grâce à cette miraculeuse rencontre.
Mon Dieu~ mon dieu~
La peine qui l'envahissait à présent envolée...
Le lendemain...
C'EST FOU !
IL LUI RESSEMBLE COMME DEUX GOUTTES D'EAU.
C'EST GENRE MON PÈRE AVEC UNE BONNE DIZAINE D'ANNÉES DE MOINS !
WAOUW, IL EST CANON !
CONTENT QUE TU AIES RETROUVÉ LA PÊCHE.
ALORS, VOUS L'AVEZ FAIT.
MAIS NON, NE DIS PAS N'IMPORTE QUOI...
Pourquoi voudrais-tu qu'on l'ait fait...

Je me suis vraiment bien amusé, hier.
Hu Hu Hu
C'est un peu comme si j'étais passé de l'enfer au paradis en une seule journée.
Hell
Heaven
Il a beau ressembler à mon père, j'aurais laissé tomber s'il avait été louche. Mais Vis est un type bien.
Le couleur de ses yeux et de sa peau est diffé-rente...
... et je dirais aussi qu'il est un peu plus naïf...
Mais il est très intelligent ...
... et surtout...
Ryû a de jolies petites fesses.
... c'est lui qui est venu me draguer.

Un gars qui est pratiquement le sosie de mon père qui vient me faire du rentre-dedans...
... à un timing pareil...
... évidemment que je mords à l'hameçon ! Je suis un mec de seize ans !
À part un cadeau de Dieu, je ne vois pas ce que ça peut être !
J'ai tellement pleuré qu'il doit avoir eu pitié de moi.
On se reverra ?
Bien sûr !
Je sors en boîte la semaine prochaine, tu veux venir avec moi ?
C'est un club qui vient d'ouvrir, je n'y suis encore jamais allé...

Je le pense sincèrement.

BAM
C'EST MOI !
TIENS, PLIE TON LINGE.
ET JE T'AI DÉJÀ DIT DE NE PAS LAISSER TRAÎNER TES SERVIETTES DANS TA CHAMBRE !
I ♥ RYU
PAPA...
OH...
IL SERAIT PAS MAL AUSSI AVEC LES CHEVEUX UN PEU PLUS LONGS.
Flash
Dling Dling
TU REGARDES LES ALBUMS PHOTO ?
ELLE EST PAS MAL, CETTE FILLE.
C'EST ASSEZ GÊNANT...
OTERS
Daniel
TOI AUSSI TU ÉTAIS MIGNON, REGARDE CELLE-LÀ...
GYAAAH !!!!
AVEC TON CACHE-OREILLES ET TES PETITS GANTS...
OUAAH !
SI JE ME SOUVIENS BIEN, IL Y EN A UNE OÙ ON VOIT TES FESSES...
WOOOH !!

TA MÈRE AUSSI ÉTAIT TRÈS JOLIE, TU SAIS.
JE SUIS DÉSOLÉ D'AVOIR SI PEU DE PHOTOS D'ELLE...
ÇA NE FAIT RIEN, IL Y EN A QUAND MÊME QUELQUES UNES...
TU NE T'ENTENDAIS PAS AVEC SES PARENTS, PAS VRAI ?
TU N'Y PEUX RIEN.
BOM BOM BOM BOM
BOM BOM BOM BOM BOM BOM BOM BOM
HAA

BOM
BOM
BOM
BOM
BOM
BOM
BOM
BOM
EXCUSEZ-MOI !
DEUX RHUM-COCA, S'IL VOUS PLAÎT.
DANIEL ?

QU'EST-CE QUE TU FAIS LÀ ?
Et qu'est-ce que tu as fait à tes cheveux ?
NON, ÇA NE SE PEUT PAS... TU ES TROP JEUNE POUR ÊTRE DANIEL.
VOUS VOUS TROMPEZ DE PERSONNE.
OOOH...
TU ES LE PORTRAIT CRACHÉ D'UN DE MES AMIS !
HÉ, VENEZ VOIR ÇA !
VOUS NE TROUVEZ PAS QU'ON DIRAIT DANIEL !?
Oh, si ! Tu as raison, c'est tout lui !
MAIS QU'EST-CE QUE VOUS AVEZ TOUS, À LA FIN... C'EST UNE NOUVELLE TECHNIQUE DE DRAGUE !?
VOILÀ POUR VOUS, JEUNE HOMME !
ET PUIS QUOI, APRÈS, VOUS ALLEZ ME DIRE QUE CE DANIEL A UN FILS PRÉNOMMÉ RYÛNOSUKE ?
COMMENT LE SAIS-TU ?
!
RYÛ !
CHARLOTTE !?

ALORS MON CHOU, COMMENT TROUVES-TU CE CLUB ?
SYMPA, MAIS UN PEU BRUYANT.
TOUJOURS AUSSI FRANC ! TU ES UN BON GARÇON !
SMACK
ÇA FAISAIT UN BAIL QUE JE N'ÉTAIS PAS SORTI EN BOÎTE, J'AI LES OREILLES QUI BOURDONNENT.
ÇA VA PASSER.
EST-CE QUE JE RESSEMBLE TANT QUE ÇA À TON PÈRE ?
HEIN ?

VOUS ÊTES TRÈS DIFFÉRENTS.
DÉJÀ, VOUS N'AVEZ NI LA MÊME COULEUR D'YEUX, NI LA MÊME COULEUR DE PEAU.
PAR CONTRE, VOUS AVEZ À PEU PRÈS LA MÊME STATURE, ÇA DOIT ÊTRE POUR ÇA QUE TOUT LE MONDE TE PREND POUR LUI.
ET PUIS IL FAISAIT SOMBRE ET ILS AVAIENT BU ! MOI, JE TE TROUVE...
... BEAUCOUP PLUS CLASSE !
QUEL GENRE DE PERSONNE EST TON PÈRE ?
MMH...
C'EST UN COUREUR DE JUPONS QUI CHANGE DE PETITE AMIE COMME DE CHEMISE.
IL EST DEVENU COMME ÇA À FORCE DE VOULOIR ME TROUVER UNE NOUVELLE MÈRE.
ELLE EST MORTE DANS UN ACCIDENT QUAND J'AVAIS DEUX ANS...
... ET PUIS IL A CHERCHÉ QUELQU'UN POUR LA REMPLACER.

ENFIN BON, AUJOURD'HUI C'EST DIFFÉRENT...
CELA DIT, IL EST PEUT-ÊTRE UN PEU TROP SÉRIEUX POUR UN TOMBEUR.
DU MOINS C'EST COMME ÇA QUE JE LE VOIS...
JE SUIS SÛR QU'IL T'AIME ÉNORMÉMENT.
SANS DOUTE ...
JE TROUVE ÇA ÉPATANT, UN PÈRE CÉLIBATAIRE QUI ÉLÈVE UN ENFANT.
BAH, IL M'A SOUVENT LAISSÉ TOUT SEUL À LA MAISON, ET MA GRAND-MÈRE OU SES PETITES AMIES DU MOMENT VENAIENT ME VOIR.
ET PUIS LA FEMME AVEC QUI IL S'ÉTAIT REMARIÉ PRENAIT BIEN SOIN DE MOI, DONC IL N'A JAMAIS VRAIMENT ÉTÉ SEUL !
D'AILLEURS, S'IL OSAIT DIRE QU'IL M'A ÉLEVÉ SEUL, IL Y EN A PLUS D'UN QUI LUI FERAIENT MORDRE LA POUSSIÈRE.
Ça vaut aussi pour Charlotte et les autres, que tu as rencontrés tout à l'heure.

J'AI BIEN PEUR DE NE PAS FAIRE LE POIDS.
NON SEULEMENT LE GARS SUR LEQUEL J'AI DES VUES ME DIT QUE JE RESSEMBLE À SON PÈRE...
... MAIS EN PLUS, CE PÈRE A L'AIR D'ÊTRE FORMIDABLE.
.....
TU AS DE LA CHANCE.
QUAND JE T'AI VU TE BALA-DER LES LARMES AUX YEUX L'AUTRE JOUR...
... JE N'AI PAS PU M'EMPÊCHER DE ME DEMANDER CE QUI T'ARRIVAIT.
ET APRÈS AVOIR UN PEU DISCUTÉ AVEC TOI, JE ME SUIS REN-DU COMPTE QUE TU ÉTAIS UN GENTIL GARÇON.
TU ES VRAIMENT MIGNON !

TRÈS, TRÈS MIGNON.
MAIS JE DOIS PASSER INAPERÇU À CÔTÉ DE TON PÈRE, PAS VRAI ?
MOI AUSSI, JE T'AIME.

JE T'AIME BEAUCOUP !

VOUS ÊTES TOTALEMENT DIFFÉRENTS.
J'avoue avoir bu pas mal...

... et même si c'est à 90% une illusion...
... j'ai eu l'impression que mon père me contemplait, et ça m'a excité.

Je me moque bien de jouer avec le feu si c'est pour être regardé de cette façon.
Après tout, je n'ai pas besoin de me retenir...
... puisqu'il n'est pas mon père.
Rien ne m'oblige à laisser tomber.

HA !
HA !
HA !
HA !
IL FAUDRA QUE J'APPELLE ASAKO...
... POUR QU'ELLE DISE QUE JE PASSE LA NUIT CHEZ ELLE.
AAH... !
FRISSONNE
AH !
AH !
GSH
GSH
AAH... !
GSH
GSH
GSH
GSH
GSH

GSH
GSH
HA
HA
SMACK
SMACK
GSH
JE VEUX TE VOIR AVEC UN VISAGE ENCORE PLUS TORRIDE...
SMACK
PAPA !
HA ... !
PAPA... !
GSH
GSH
GSH
HA... !
HAA... !

Le tour de Ryû a duré une éternité ! Comment allez-vous depuis tout ce temps ?
Ici Daniel !
BON-JOUR.
BELLE JOUR-NÉE.
TIENS ?
QU'EST-CE QUE ÇA PEUT BIEN ÊTRE ?
Dans le prochain chapitre de Papa's Assas-sin...
... nous allons un peu aborder les senti-ments de papa.
Sur ce, au revoir !
Il en met du temps ! Ça ne me laisse même pas une petite place dans ce chapitre !
Par Avion

Alleeez, c'est à mon tour, maintenant... faites-moi apparaître un peu... !

PAPA'S ASSASSIN

~ Papa joue les espions ~

HMM... HMM...
VRRRR
VRRRR
BIP
CLAP
RYU
080-XXXX-00XX
20XX/0X/0X 00:50
Je vais passer la nuit chez Asako.
VRRRR
ASAKO
090-11XX-0011
20XX/0X/0X 00:53
Je m'occupe de Ryû ce soir !
J'espère que tu n'es pas trop triste
de passer ton samedi soir tout seul !
Ho ho ho !

JE SAIS TRÈS BIEN QU'IL N'EST PAS CHEZ TOI !
J'AI ÉTÉ LYCÉEN AVANT LUI, HEIN ! NE ME PRENDS PAS POUR UNE TRUFFE !
BIP BIP
VRRR
ASAKO
Oui, et on dirait bien que tu n'as pas évolué depuis. Il serait grand temps que tu ouvres les yeux et que tu affrontes la vérité ! Allez, salut !
Mais qu'est-ce qu'elle raconte, encore... ?
CUI
CUI
MMH ...

AH OUI, C'EST VRAI, HIER SOIR...
RÉVEIL-LÉ ?
BON-JOUR !
BON-JOUR...
DIS...
QUELLE HEURE IL EST, LÀ ?

12H35.
TU DORMAIS COMME UN LOIR, IMPOSSIBLE DE TE RÉVEILLER !
OUI, J'AI LE SOMMEIL PROFOND...
TON TÉLÉPHONE A SONNÉ TOUT À L'HEURE.
O.K...
JE VAIS AUX TOILETTES...

CLAC

VRRR
VRRR
EXCUSE-MOI UNE SECONDE.
VAS-Y.
QU'EST-CE QU'IL Y A, C'EST UNE BONNE NOUVELLE ?
SI ON VEUT...
EN FAIT, RYÛ N'EST PAS RENTRÉ HIER SOIR...
BON, C'EST VRAI QU'IL A DÉJÀ SEIZE ANS, ET À CET ÂGE-LÀ, ON N'ÉCOUTE PAS TOUJOURS SES PARENTS...
MAIS ÇA RESTE ASSEZ DANGEREUX DE TRAÎNER DEHORS LA NUIT.
DONC JE LUI AVAIS DEMANDÉ DE M'ENVOYER UN MESSAGE QUAND IL SERAIT RENTRÉ À LA MAISON, CE QU'IL VIENT JUSTE DE FAIRE.
AH BON !

TOI AUSSI ÇA A SÛREMENT DÛ T'ARRIVER DE SORTIR EN DOUCE EN RACONTANT DES BOBARDS À TES PARENTS, À L'ÉPOQUE DU LYCÉE !
PARFOIS ON A DU MAL À LEUR DIRE LA VÉRITÉ.
ÇA NE M'EST JAMAIS ARRIVÉ, NON.
AH, NON !?
Ha ha ha ha !
Mais venant de toi, ça ne m'étonne pas.
DANIEL ...
TU ES VRAIMENT... COMMENT DIRE...
.....
?
... TRÈS GENTIL.
TU ES UN EXCELLENT PÈRE.
SINCÈREMENT...

SALUT !
OH, TU ES RENTRÉ.
TU AS FAIT TES DEVOIRS ?
VA TE BROSSER LES DENTS !
OUAIS
ET PRENDRE UN BAIN, AUSSI !
PFF...
ASAKO VA BIEN ?
OUI...

FROTTE FROTTE
Il a l'air de super bonne humeur...
On me dit souvent que je suis un bon père...
RYÛ !

AYA DOIT AVOIR UNE CÉRÉMONIE DE THÉ AUJOURD'HUI.
QU'EST-CE QU'ON FAIT ?
MOI JE VAIS RENTRER, J'AI DÉJÀ DES PLANS.
.....
CES TEMPS-CI...
... TU SORS AVEC QUELQU'UN, JE ME TROMPE ?
C'EST CE TYPE DONT TU NOUS AS PARLÉ L'AUTRE JOUR, LÀ... ?
LE CANON QUI RESSEMBLE À TON PÈRE...
QU'EST-CE QUI TE FAIT DIRE ÇA ?
BAH, TU SORS ENCORE AVEC QUI TU VEUX, ÇA NE ME REGARDE PAS...
... MAIS TU N'AS AUCUNE RAISON DE NOUS LE CACHER.

GON...
PAR CONTRE, TU NE NOUS REFILES PAS DE MALADIE, C'EST CLAIR !?
HAA
.....
Arrête ça, tu vas me contaminer !
... mais pour être honnête, j'ignore si je suis un bon père ou non pour Ryû.

キ
キ
RYU
080-XXXX-00XX
20XX/0X/0X 21:38
Ne t'inquiète pas pour moi, je dors chez Gon cette nuit.
080-XXXX-0
20XX/0X/0X
Ne t'inquiète pas pour moi, je dors chez Aya cette nuit.
Pas de souci, j'irai à l'école demain.

Ne t'en fais pas pour moi.
Ryû
Tant que je peux l'élever correctement, ça me convient.
ATTENDS-MOI LÀ, JE REVIENS DANS DEUX MINUTES.
JE PEUX VENIR AVEC TOI ?
SI TU VEUX, JE CROIS QUE MON PÈRE N'EST PAS LÀ DE TOUTE FAÇON.
PAR CONTRE JE TE PRÉVIENS, MA CHAMBRE EST SUPER CRADE !

DONC, INTERDICTION FORMELLE D'Y ENTRER !
COM-PRIS ?
CLAC
HÉ ! JE T'AVAIS DIT DE NE PAS ENTRER !
WAOUH, TU N'AS PAS MENTI...
AH LÀ LÀ...
LES ÉTU-DIANTS...

TAP
TAP
TAP
TAP
CLANG
OH, TU ES LÀ...
TU AS UN INVITÉ ?
PA... PAPA...

JE SUIS JUSTE PASSÉ RÉCUPÉRER UN TRUC QUE J'AVAIS OUBLIÉ...
... ON REPART TOUT DE SUITE ! ET TOI, QU'EST-CE QUE TU FAIS LÀ ?
RYÔKO EST COINCÉE AU BOULOT DONC JE SUIS REPASSÉ PAR LA MAISON EN ATTENDANT QU'ELLE FINISSE.
......
DÉSOLÉ DU DÉRANGEMENT.
....
BONJOUR.
EUH... JE TE PRÉSENTE VIS...
EUH... C'EST LE COUSIN DE GON...

J'AI BEAUCOUP ENTENDU PARLER DE VOUS...
RAVI DE FAIRE VOTRE CONNAISSANCE !
AH...
VOICI MA CARTE.
ON M'A SOUVENT DIT QUE JE VOUS RESSEMBLAIS ÉNORMÉMENT...
... MAIS JE DOIS ADMETTRE QUE L'ORIGINAL EST BEAUCOUP MIEUX !
Tu travailles dans l'exportation de meubles... ?
Oui, n'hésitez pas à venir jeter un œil si ça vous intéresse.
OH, MAIS PAS DU TOUT, VOYONS !
ET DONC, QU'EST-CE QUI T'AMÈNE CHEZ MOI ?
PARDON... ?
RAAAH ! TU AS VU L'HEURE !? IL FAUT QU'ON FILE CHEZ GON !
À PLUS, PAPA !
AU REVOIR, MONSIEUR.

CLAC
JE CROIS QUE JE N'AI PAS FAIT TRÈS BONNE IMPRESSION À TON PÈRE...
MAIS NON...
JE T'ASSURE QUE TU TE TROMPES ! IL EST TOU-JOURS UN PEU SÉVÈRE AVEC LES GARS PLUS CANONS QUE LUI, NE T'EN FAIS PAS !
......
J'AI UN MAUVAIS PRESSENTI-MENT...
À MON AVIS, C'EST AVEC CE TYPE QU'IL TRAÎNE CES DERNIERS TEMPS.
J'ESPÈRE QU'IL NE S'EST PAS FOURRÉ DANS UNE SALE AFFAIRE...

Papa a comme une impression de déjà vu...
NON...
NON, NON, NON...
Tu lu lu lut
Tu lu lu
QU'EST-CE QU'IL Y A ENCORE, MAMAN !?
En voilà une manière de répondre au téléphone !
J'AI REÇU QUELQUE CHOSE POUR TOI.
UN MAGAZINE JAPONAIS DANS LEQUEL RYÛ APPARAÎT...
... ET UN PAPIER QUI TE DEMANDE DE RENONCER À TON AUTORITÉ PARENTALE.
QUOI !?
COMMENT ÇA, UN MAGAZINE !? RYÛ N'A JAMAIS POSÉ POUR AUCUNE REVUE...
Je ne saisis pas bien l'article puisque je ne parle pas japonais, mais en tout cas, les garçons ont l'air assez mignons dans ce pays.

ET PUIS QU'EST-CE QUE C'EST QUE CE PAPIER À PROPOS DE MON AUTORITÉ PARENTALE ? DE QUI VIENT-IL ?
D'un représentant légal, un certain Endrich De Jantro.
Jamais entendu parler…
PAS ÉTONNANT, CE N'EST JAMAIS QU'UN REPRÉSEN-TANT.
RYÛ EST DEVENU TRÈS CRAQUANT EN GRANDIS-SANT…
… MAIS ENTRE NOUS, LE GARÇON QUI EST AVEC LUI SUR LA PHOTO EST PLUS À MON GOÛT !
Comment s'appelle ce magazine !? Et pourrais-tu aussi m'envoyer ces fameux papiers par fax ?
Je ferai ça après une bonne petite sieste. Je crois que j'ai regardé trop de séries télé pour aujourd'hui… je me sens lasse, tu vois ce que je veux dire ?
CE SERAIT TROP DE-MANDER QUE TU ME LES ENVOIES TOUT DE SUITE !?
BIP
PFIOUU…

バサッ
FLAP
LA CHASSE AUX BEAUX GOSSES DANS LES RUES DE TOKYO
LE GEL POUR LES CHEVEUX LE PLUS POPULAIRE AUPRÈS DES JEUNES HOMMES !
TU PEUX M'EXPLI-QUER ?
CE N'EST PAS MOI.
NE ME PRENDS PAS POUR UN IMBÉCILE.

OÙ EST-CE QUE TU L'AS EU ?
UNE FILLE DU VOISINAGE ME L'A DONNÉ.
......
ET JE ME POSE AUSSI BEAUCOUP DE QUESTIONS AU SUJET DE CE TYPE QUE TU AS RAMENÉ À LA MAISON L'AUTRE JOUR...
JE LE TROUVE LOUCHE !
POURQUOI, PARCE QU'IL EST BIEN FOUTU ?
DANS CE CAS, TOI AUSSI TU ES LOUCHE, PAPA !
DIS DONC...
TU DEVRAIS ÊTRE UN PEU PLUS VIGILANT !
ON S'ATTIRE DES ENNUIS PLUS VITE QU'ON NE L'IMAGINE.
JE COMPRENDS MIEUX POURQUOI TU AS EU CETTE ATTITUDE AVEC LUI !
JE SUIS CAPABLE DE JUGER LES GENS MOI AUSSI, TU SAIS !
JE T'ASSURE QU'IL EST TOUT À FAIT NORMAL !

ET PUIS IL EST TRÈS GENTIL...
JE VOIS QUE VOUS ÊTES PLUTÔT PROCHES.
ASSEZ, OUI.
ENFIN BREF...
QUOI QU'IL EN SOIT, JE VOUDRAIS QUE CE GENRE DE CHOSES NE SE REPRO-DUISE PAS !
PLAF

... ET JE VOUDRAIS QU'IL PUISSE AVOIR PLUS DE LIBERTÉ DANS SES CHOIX, COMME N'IMPORTE QUEL ENFANT DE SON ÂGE...
J'AI CONSCIENCE QUE CE QUE JE DIS N'A AUCUN SENS...
... mais le moment est très mal choisi.
Après avoir arraché illégalement Alexander Allen à sa mère, Biebke Allen, vous avez réussi à obtenir le droit d'exercer sur lui une autorité parentale dans un autre pays.
Comme vous en informe cette lettre, vous allez devoir renoncer au droit parental sur le dénommé Alexander Allen. Veuillez noter que ce document vous est délivré par le gouvernement français et qu'il est conforme à la loi.

Par la présente, nous privons donc Daniel Gamblin de ses droits parentaux.
TAC
TAC...
TAC
TAC
Ce n'est pas une raison suffisante pour que je renonce à Ryû.
Les problèmes au sein de la famille royale sont toujours le centre de toute l'attention. Cette fois, les enquêteurs tentent de résoudre la mystérieuse affaire du décès de Nicole J. Hansky (54), survenu le 26 de ce mois.
cousin, died of a
the 26th is a mystery
TAC
Hellow, what can I do for you ?
C'EST MOI, JE VOUDRAIS QUE TU M'OUVRES UN COMPTE FRANÇAIS.

J'ignore s'ils comptent faire ça dans les règles ou non.
À mon avis, ils ne tenteront rien de trop voyant au Japon...
... mais je préfère prendre mes précautions.
BIP
BIP
PARDONNE-MOI, RYÛ.
T(HIK T(HIK
ALLEZ, J'Y VAIS !
RYÛ...
OUI ?
SOIS PRUDENT.

OUI...
On a tenu bon et fui jusqu'ici...
... ce n'est pas pour les laisser l'enlever maintenant !
VRRR
AYA
ccb_dis-ki@
Je voudrais qu'on aille manger là-bas la prochaine fois !
OEDO280JPG
RYU
draggoo-
Ça a l'air trop bon ! On n'aura qu'à y aller la semaine prochaine \(^0^)/

20XX/0X/0X 6:15
Gon, j'ai dit que j'allais chez toi ce soir, je compte sur toi !
20XX/0X/0X 6:18
O.K., ça marche, mais tu m'invites demain !
HMM...
Visteru
kuronecopen@
20XX/0X/0X
VRRR
work finished now,
I'm going
Je viens de finir au boulot, j'arrive. Je pensais faire des spaghettis ce soir, ça te va ?
together.
Parfait, on ira au supermarché ensemble. Je vais monter dans le train, là.
J'ai hâte de te voir.

PAPA'S ASSASSIN
~ Papa panique, 2011 ~

RYÛ !
SALUT !

T'ES CLASSE AUJOURD'HUI !
TU TROUVES ...?
OUI, ÇA TE VA SUPER BIEN !
IL EST DONC BIEN AVEC CE TYPE.
.....
.....

ON PREND DU CONCENTRÉ DE TOMATE POUR FAIRE LA SAUCE...
... OU BIEN ON EN ACHÈTE DE LA TOUTE FAITE ?
LES DEUX ME VONT.
AH...
J'ACHÈTE SOUVENT CELLE-LÀ.
ON PREND ÇA, ALORS ?
OH, ON N'EST PAS OBLIGÉS...
C'EST PAS MAL NON PLUS DE CHANGER DE TEMPS EN TEMPS.
TU TROUVES ? BON, TRÈS BIEN, ON N'A QU'À ESSAYER CETTE BOLOGNAISE, DANS CE CAS ?
D'ACCORD.
C'EST QUELLE MARQUE ?
EUH... LES PRODUITS ZETO.
AH LÀ LÀ, RYÛ... JE T'AI RÉPÉTÉ DES CENTAINES DE FOIS QUE CETTE BOLOGNAISE ÉTAIT INFECTE !

JE SUIS CONVAINCU QUE CE TYPE A AUSSI DES GOÛTS DE CHIOTTE POUR L'ALCOOL OU L'EAU MINÉRALE.
LAISSE-LE TOMBER, RYÛ...
VOS GOÛTS ALIMENTAIRES SONT TROP DIFFÉRENTS !

TOUT SE PASSE TOUJOURS SANS HEURTS QUAND ON BOSSE AVEC DES JAPONAIS, MAIS PARFOIS, C'EST UN PEU LASSANT.
ON S'HABITUE À LA LONGUE ?
JE N'Y AI JAMAIS FAIT TRÈS ATTENTION... CELA DIT, IL Y A AUSSI DES GENS QUI NE SE LAISSENT PAS MARCHER SUR LES PIEDS.
D'AILLEURS, MON PÈRE EST COMME ÇA, LUI ! IL N'EST PAS JAPONAIS, MAIS BON...
TU DOIS L'AVOIR REMARQUÉ L'AUTRE JOUR, NON ?
JE L'AI TROUVÉ TRÈS CLASSE.
OUI... MAIS C'EST UNE VRAIE TÊTE DE MULE.
IL M'INTERDIT TOUJOURS DE FAIRE CI OU ÇA...
... ALORS QUE LUI N'EN FAIT QU'À SA TÊTE !

C'EST PARCE QU'IL SE FAIT DU SOUCI.
IL S'INQUIÈTE POUR TOI !
C'EST POUR ÇA QU'IL A ESSAYÉ DE ME VIRER, TU NE CROIS PAS ?
NON, ÇA C'EST PARCE QU'IL SE MONTRE SÉVÈRE AVEC LES GARS QUI SONT MIEUX QUE LUI.
JE T'ASSURE, CE N'ÉTAIT PAS SPÉCIALEMENT CONTRE TOI.
OOH ? ALORS COMME ÇA, IL SERAIT MIEUX QUE MOI... ?
TU VEUX GOÛTER ?
....
MMH...
DÉLICIEUX !
EN UN SENS, JE COMPRENDS CE QUE RESSENT TON PÈRE.
COMMENT ÇA ?

MOI AUSSI JE ME FERAIS CONSTAMMENT DU SOUCI SI J'AVAIS UN PETIT AMI AUSSI MIGNON QUE TOI.
SAUF QUE JE NE SUIS PAS SON PETIT AMI, C'EST MON PÈRE !
TU VEUX BOIRE UN COUP ?
D'AC-CORD.
OUPS, IL NE ME RESTE QUE DU MOUSSEUX, ÇA IRA ?
AUCUN PRO-BLÈME !

POC
AU FAIT, COMMENT ÇA S'EST PASSÉ AVEC LE MEXICAIN ?
TU SAIS, CE CLIENT QUI VOULAIT DOUZE CHAISES DANS DES TISSUS ET COLORIS DIFFÉRENTS... ?
ON A REÇU L'ACCORD POUR LUI EN FABRIQUER HUIT...
... MAIS POUR LES QUATRE AUTRES, IL DEVRA PAYER UN SUPPLÉMENT.
QU'EST-CE QU'IL COMPTE FAIRE AVEC DOUZE CHAISES DE TOUTE FAÇON...
... JE CROYAIS QU'ILS N'ÉTAIENT QUE QUATRE DANS LEUR BUREAU ?
SI ÇA SE TROUVE, C'EST POUR FAIRE DES COURSES DE CHAISE DEPUIS LE SOMMET D'UNE COLLINE !
HA HA ! CE SERAIT DRÔLE !
MAIS FLIPPANT...

LEURS CONVERSATIONS SONT ON NE PEUT PLUS BANALES.
À PART LE FAIT QU'IL ME TAPE SUR LES NERFS DEPUIS TOUT À L'HEURE, IL N'Y A RIEN DE SUSPECT.
....
....
IL N'A PAS NON PLUS L'AIR D'ÊTRE UN PRO...
...
....
......
UH...

SMACK
PLOP
......
......
......
ON VA DANS LE LIT ?
OUAAAAAH !
HAN...

DU CALME... RESTE ZEN, DANIEL...
TU LE SAVAIS DEPUIS LE DÉBUT.
DÈS LE MOMENT OÙ TU AS VU CE MESSAGE, LES CHOSES ÉTAIENT CLAIRES.
MAIS...
... SI JAMAIS RYÛ SE FAISAIT KIDNAPPER ENTRE-TEMPS, HEIN ?
Tu dois tenir bon et continuer d'écouter... !
SPOP
AH... !
PAS TOUT DE SUITE...
Allô ? Oui, il y a un étranger bizarre qui vient de s'agenouiller par terre en position de prière !
Je vous assure ! Venez tout de suite, je vous en prie !

POUR-QUOI... ?
POURQUOI, RYÛ... ?
POURQUOI AVEC CE TYPE... ?
ET POUR-QUOI...
... FAUT-IL QUE CE SOIT AVEC UN HOMME... ?
ÇA M' ÉCHAPPE ...

VRRR
VRRR
JE CROIS QU'IL VAUDRAIT MIEUX QUE TU RÉPONDES...
... ÇA N'ARRÊTE PAS DE VIBRER DEPUIS TOUT À L'HEURE.
MAIS...
C'EST BON, TU PEUX Y ALLER.

Qu'est-ce qu'il y a ?
RYÛ...
RENTRE À LA MAISON.
QUOI ? MAIS QU'EST-CE QUI TE PREND ?
JE TE DEMANDE DE RENTRER À LA MAISON.

POURQUOI ?
QU'EST-CE QUI SE PASSE ?
.....
PAPA ?
ÇA SUFFIT, SORS DE LÀ.
SORTIR D'OÙ ? JE DEVAIS RETROUVER GON POUR...
Sors de là !
EXPLIQUE-MOI AU MOINS POURQUOI !
QU'EST-CE QUE TU AS, À LA FIN !?
JE TE DIS DE SORTIR IMMEDIATEMENT DE L'APPARTEMENT DE CE TYPE !!

QUOI... ?
PAPA, QU'EST-CE QUE TU RACONTES... ?
Je sais pertinemment que tu te trouves à Ebisu, quartier deux, 5-12…
… et pas chez Gon.
Je te donne une minute pour descendre !
QU'EST-CE QUI SE PASSE ?

QU'EST-CE QU'IL Y A, TOUT VA BIEN ?
COM-MENT IL A SU... ?
MON PÈRE... EST LÀ...
......
PAS LA PEINE DE RE-GARDER !
QUOI... ?
EXCUSE-MOI, MAIS JE VAIS RENTRER...
PAR-DON...

Petit bonus sexy avant de commencer le second volume.
LE JOURNAL DE SEXY DANIEL
You are so sexy!
Réveil à 5h30...
You are so sexy!
Petit entraînement matinal...
HUFF
HUFF

Douche de cinq minutes...
You are So Sexy!
Cuisine (rapide)...
FRSH
You are So Sexy!
Réveil de Ryûno-suke...
Wake Up! Sexy Boy!

Le jour où, à dix ans, Ryûnosuke a commencé à se sentir gêné par le bisou du matin de son papa.
ANECDOTE
ARRÊTE ÇA !!!
Interdiction de faire des bisous, dorénavant.
You are So pitiful!
SNIF
Suite à quoi une nouvelle punition fut inventée...
SI TU NE TE RÉVEILLES PAS, JE T'EMBRASSE !
... pour cette marmotte de Ryû.
You are So Cute!
Même s'il était encore effectivement endormi la plupart du temps, il lui arrivait parfois de faire semblant de dormir parce qu'il avait envie d'un bisou.
Mais quand les érections matinales devinrent plus sévères, les bisous furent de nouveau bannis.
BONJOUR PUBERTÉ !
FIN DE L'ANECDOTE
Du matin au soir, Daniel met ses muscles à rude épreuve...

You are so sexy!
Souvent, quand ils couchent ensemble ils portent ...
...des oreilles de lapin.
PAPA NE SAIT PAS !
Daniel fait les courses...
Sexy !
... la lessive ...
Sexy !
... la cuisine...
POC
POC
POC
Sexy !
Parfois, Ryû lui donne un coup de main...
C'est lui qui doit nettoyer la salle de bain.
PEUT-ÊTRE SEXY !
Encore une fois...
WOOOO! SEXY!!

ZZZZZ
Il matte...
J'AI LE ZIZI QUI ME CHATOUILLE...
GRATTE GRATTE
ÉPOUSTOU-FLANT ! QUOI QU'IL FASSE, IL EST SEXY !!
HAN !
HAN !
So Cute..!!
Et la sexy attitude se répète jour après jour...
-Le journal de Sexy Daniel/FIN-

Egalement disponible
dans la collection Hana...

doukyusei
First Season
Un garçon a rencontré un garçon.
Ils vivaient pleinement leur jeunesse.
Leur amour semblait tel un songe,
tel un soda qui pétille.
By ASUMIKO NAKAMURA
Hana COLLECTION

Hana Yaoi

CANIS

Dear Mr Rain

ZAKK

Succombez au charme graphique particulier et enivrant de Zakk, et plongez dans l'histoire atypique et saisissante de Canis, où l'auteur a su brillamment mêler l'univers de la mode et celui de la mafia New Yorkaise.

Résumé :

Chapelier à la renommée internationale malgré son jeune âge, Satoru Kutsuna se contente de travailler dans son humble boutique, loin des projecteurs des défilés. Trop exigeant envers ses salariés, il se retrouve à devoir trouver pour le lendemain un nouvel employé en vue d'un gros évènement. En rentrant chez lui désespéré de n'avoir trouvé personne, il tombe sur Ryou Kashiba, un jeune homme gisant inconscient sous la pluie et le froid, qu'il décide de ramener chez lui. Ce dernier, pour le remercier de son hospitalité, accepte alors de l'aider pendant les 2 prochains jours, après quoi il ira remplir son objectif : mourir.

CANIS
Dear Mr Rain
ZAKK

Papa's Assassin. vol.1

Hana COLLECTION

www.boys-loves.fr

Adaptation graphique : 3rd Studio
Traduit du japonais par : Aline Kukor
Responsable Editorial & Production : Anthony Graci
remerciements particuliers à Aurélie Valognes

Dépot légal : Juin 2016
ISBN 978-2-36877-469-4

Imprimé par GZ Digital Media as